JN218854

ありがとうは
さようならを
意味するか

もくじ

じぶんの話

これからする話は
勝たなかった人の話
間に合わなかった人の話
選ばれない人の話
うまくいかない人の話
言えない人の話
抜けだせない人の話
おもいでに残らない人の話
先立つものがない人の話

長いこと笑ってない人の話

疲れがとれない人の話

居場所を見失う人の話

負ける人の話

無くす人の話

亡くした人の話

じぶんの話

ぼくらのものがたり

いろいろありまして

元気です
大丈夫ですと
笑顔つくるけど
目の下のくまは
隠せやしない

白髪が増えてる
小じわも増えてる
やつれてみえるのは
ダイエットのせいだと
うそぶいてる

ゲームで夜更かしじゃ
ないのだろう
いろいろありましてとしか
言わないだろう

君も眠れないんだね

僕でよければ話をきくよ
こころが少しでも軽くなるのなら
また森のように眠れるといい
目がさめて
新しい歌が歌えますように

信じる

誰のことも信じない
信じていいと思った人には
大なり小なり裏切られる
私たちが信じていることは
自分が信じたいことにすぎない
だから身に起こった奇跡だけを信じる

誰かのために何かしたい
信じてなくてもできること
いちばんかわいいのは自分
それは揺るがない本性
でも誰かが喜ぶことがしたい
できなくなる前に何かしたい

友を信じる
という名の男を知っている

好きな名の一つ
漢字であついと書きつらねる
暑い熱い厚い篤い
心あたためる

もし目と目があったら
悲しさは投げてよこしてくれていい
楽しさはさわりだけでも教えてほしい
あとに生まれた気持ちだけは
あなたまかせにすることなく
信じられるから

苦虫

怒ってるの？
なんできみはぼくにきくの
怒ってなんかないよ
苦虫を噛みつぶしちゃっただけ

疲れてるの？
いや特に別にあの
疲れてみえるとしたら
苦虫が体の中に巣食っているせい

苦虫は嫉妬を食べて生きてるんだ
だからしぶといんだ
退治したかったら
くらべないことだ

にくまないことだ

あこがれることだ
かかえないことだ
すぐできることだ

眉間に皺が刻まれる前に
黒く目の下がくすむ前に

方程式

マイナスとマイナスをかけると
プラスになるということは
短所と短所をかけあわせると
長所になるということ

プラスにマイナスをかけると
マイナスになるのだから
不得意なことを気にしすぎて
得意なことを帳消しにしないで

マイナスの符号がプラスに変わる
イコールの向こう側
左手で持て余す苦手なことは
右手に持ち替えて笑いをとろう

中学校の数学で教わったのは

自分の欠点との付き合い方だった
今の今まで
気づかなかった

眠たくてやりきれない

眠たいんだって
あと３分寝かせてって
もうほっといてって

ほてった脳がほしがる休息
むりやり思考にかんじる抵抗
とろっと睡眠しゃきっと復活

この眠気をやっつけるのに
手のひらにシャーペンぶっさし
コーヒーでミントながしこみ

やたらと
眠くないか？
さいしょは
春のせいだと思った

やっかいなことに
夏も秋も冬も眠い

眠れるだけ眠れば
すくすく育つ歳じゃないし
惰眠をむさぼるなと
叱ってくれる人もいない
享楽だった夜更かしは責苦になり
死ぬほど眠たい

しだいに
横になる時間が長くなり
起きてる時間が短くなり
出来てたことが出来なくなる
悔しさも眠さには勝てない

眠いんですよ先生
くすりがよく効いて
なかなか目が覚めないんですよ

隣の芝生

どこより青くみえた
となりの芝生
ある朝のぞいたら
芝が枯れて
茶色くなってた
気を落ち着かせ
見渡すと
あたり一面
茶色い

本が読めない日／景色が違ってみえる日

昨日おわったところから
本を開いてまた読み始める
今日はどうしたんだろう
同じページをいったりきたり

文字がさらさら流れていく
上から下へ左から右へ
新しい言葉さえ目に留まらない
頭がいっぱいだからかな

本を閉じ、残されたもやの中にいる

吹きさらしで青くさびた
箱をあけたら何が出てきた？
いつもの見慣れた景色が
とつぜん違って見えた？

人生に数えるほどしかない
赤と青が強くなったり
白と黒だけになったりする日
そんな日が来ちゃったのかな

僕はもう昨日までの自分じゃない

疲れた体

競争に囚われたおとなは
声に出してもうやめたいとは言わない
体が最初に音をあげて
限界こえてたこと後で気づく

競争にまきこまれた子供は
熱がでたり意地悪になったり
おかしなことになってるとか
自分じゃいつまでも分からない

むだとかくずとか
ちりとかごみとか
むいみとか
すててるうちに
つかれてるんだよ

あいとかゆめとか
そらとかほしとか
きぼうとか
ちかくにおいて
たまにはながめて

同窓会

もう四十七歳だ
来た道は人それぞれでしかないことを
現実として皆
受け入れている
焦りもなければ競争もない
それほど見栄もないし
誇るべき達成感もない
昔と変わらないねーは
若作りうまくいってるねーではなく

体どこも悪くないんだねという
半分安堵まじりの確認

連れがいようが独り身だろうが
親がいようがいなかろうが
背負うカバンの重みに変わりはない
幻想のすべりこむ隙間なんてない

昔みたいに無茶すると
前に進んだり上に昇ったりするかわり
出口が近づいてきたりして怖いから
淡々と粛々と歩をすすめる

今だからこそ
見るだけの夢ならいらない
叶えるための夢しかいらない

先立つもの

お金がなくなると
華やかな街並みがモノクロになる

仕事がなくなると
朝起きあがるのが辛くなる

食事がなくなると
やる気がでなくなる

会話がなくなると
近くにいても遠くにいる感じがする

愛がなくなると
他人の存在が気にならなくなる

夢がなくなると

希望がなくなると
次の言葉さえでてこなくなる

世界の人口

僕がうまれたころ
40億人そこそこだった世界の人口は
今ちょうど
70億人で
僕がいなくなるころには
90億人をこえるらしい

休みなく誰かが
世界のどこかで産声をあげたり
最後の息を吐いたりしてるから
僕と同じ時を生きる人の数は
とてつもないことになってるはずだ
今度数学の得意な友達に計算してもらおう

世界の人口を相手に
僕にできることは

耳をすませ
人の話をきき
言葉をさがすこと

雑念が邪魔をし
雑音はうるさい
聞きたくないような話には
耳をふさぎたい
見つからなかった言葉の方が
見つかった言葉より多い

なにより
世界の人口を相手にするには
僕の筆はつたなく
僕の心はおさなく
人生はみじかい

僕は
心を静め
まずは
あなたの話をきく
そして
言葉をさがす

ご無沙汰しております

ご無沙汰しております
とつぜん届いたメール
その節はお世話になりました
眠気も覚める水曜の午後

会ったことすら忘れてる
あの顔この顔どれだろう
お世話なんかまずしてない
遠い記憶を探しにいく

かすかに残る手がかりは
交わした言葉の手ざわりと
好きか嫌いかの後味
おぼつかないそんなもの頼りに
顔さえわからない君に返信
こんなトーンでいいはずだ

君がそれほど変わってなければ

あの時は楽しかったですね
追って返ってくるメール
もう一年半もたちました
間違ったトーンじゃなかったらしい

変わってしまう人もいる
分かちあった手ざわりだから
取り戻せると疑わなかったのに
どこから棘がしのびこんだ

どうして変わってしまったの
本当のところわからない
おぼろげな後味にすがる
僕が絶滅するのかも

でもひょっとして
僕の方こそ変わっちまって
茨を張り巡らしてるのかも

あまのじゃき

忙しい時に忙しそうだねと言われると
で何の用？とななめに受け答える

忙しい時に暇そうだなと言われると
ヘッドロックしてやりたくなる

暇な時に暇そうだなと言われると
せんなくてうなずく

暇な時に忙しそうだねと言われると
罪の意識にとらわれる

疲れてる時に疲れてそうだねと言われると
そんなことないよと声がうわずる

疲れてる時に元気だなと言われると

ヘッドロックする力ものこってない
元気な時に元気だなと言われると
おかげさまでと頭をさげる
元気な時に疲れてそうだねと言われると
どこか悪いのかと不安になる

あっちこっち跳ねていく僕を
めんどくさがらずに
ぐぅとでも言って
からかって
あそんで

忘れ物

忘れ物を思いだしたら
取りに帰ろうせっかくだから
思いださなければ置き去りだったのだから

約束はいつか果たそう
自分ができる時でいいから
誰からも催促されなくなった頃でいいから

前回終わったところからはじめよう
やり残しは敗北などではなく
むしろ幸せを意味する

土台がふきさらしに
であればその上に柱を建て
壁を築き屋根を葺き雨風をしのぐ家に

下ごしらえは済んでいる
味をつけてお箸を並べる
態勢を整えあの人を待つ

忘れ物を取りに帰ろう
行ったり来たり立ち止まったり
好き勝手にしよう

ある秋の日

一生を一日になぞらえると
僕はおそらく十三時半頃を生きている
あわただしく身支度をととのえ
朝ごはんをかきこみ
ばたばたと雑事をかたづけ
昼ごはんをまたかきこみ
ひと息つけるころ
さて本日この後は
あれもできるこれもやりたい
午後はたっぷりある

一生が一か月におきかえられるなら
僕はおおよそ中旬の十七日あたりを生きている
カレンダーをめくった月初の心構えは寝て忘れ
次第につのる焦りの正体は分からず
もう火曜日まだ木曜日といった週の中の浮き沈みに

どちらかといえば気をとられ
十七という数字をみては無駄に過ぎゆく時間を嘆き
財布の中身だけは確実にせちがらい
月末に手に入る給料を信じて
油断せず生きのびねば

一生にも春夏秋冬があるとすると
台風がやってきたある秋の日を僕は生きている
うららかな春の朝
湿りをおびる長雨の昼下り
熱にうかされた夏の夕べ
全てを通りすぎて僕はいま
吹き荒れる風に身をさらしている
すくい飛ばされぬよう踏んばっている
この嵐もかならず通りすぎる
おだやかな秋晴れを待ちながら

過去と未来　どっちに行きたい

タイムマシンがあったら

過去に行きたいですか

言いだせなかった恋の背中を押してやりますか
いじめっこには直接怒鳴りこみたいですか
そのパンツはすぐに破れるから買うなと忠告したいですか
あの事故現場を目の前で見たいですか
小さいことにくよくよするなと諭しますか
ふところの寂しかった自分に差し入れしますか
忘れたはずの忌々しさに心の準備なく遭遇したいですか
尊敬する歴史上の人物に会ってみますか
先祖たちが負けた戦場に飛びこみたいですか

それとも未来に行きたいですか

どこに住んでいるか興味ありますか
お金持ちか貧乏か確かめたいですか
これから誰と友達になるか知りたいですか
そもそもこれいじょう友達を作りたいですか
痩せているか太っているか怖いものみたさですか
もし太っていたら今から食事を減らしますか
自分の死ぬ場面は怖くて目をつぶりませんか
世界は争いのない楽園になっているでしょうか
死ぬ前と後で世間は何か違っていますか

過去と未来　どっちが好きですか

タイムマシンはやっぱいらない

この先の歩き方

上ばかり向いて歩くのはやめよう
上には上がいて
きりがないから
せっかく地に足がついているのに
なんだか低いところにいるみたいだから

下を向くのはとっておきの時に
一人きりになった時に
涙がこぼれ落ちるままに
顔を上げた時に
もういちど笑えるように

右を向くのはほどほどにしよう
誰を傷つけることなく
楽しく盛り上がることがあってもいい
あまり右ばかり向いていると

首が曲がったまま元に戻らなくなる

左を向くのも同じこと
何につけ反対ばかりして
生きていくつもりですか
良いことは良いと口に出すのは
大変なことですか

後ろを振り返るのもいいかげんにしよう
うまくいってたころの景色を見たいのか
抜けだしてきた暗闇を探してるのか
いずれにせよもう無くなってしまったもの
後ろにあるのは椅子の背もたれだけ

前を向こう
これからの出来事に心躍らせよう

見えづらくなったらメガネを新調しよう
ついでに新しい靴も買おう
前を向いて歩こう

やすらぎを手にいれる

だいなしにしちゃったことを右手で数える
うまくいっていることを左手で数える
両手を比べてみて
なんだトントンじゃないかと思いなおし
失っていた心の均衡をとりもどす
やすらぎはこんなふうに
比べる努力をしないと
得られないもの
かくも手のかかるもの

やっかいな記憶

どこからともなく
急にやってきて
しばらくうろうろして
いつの間にか
目の前からいなくなる
やっかいな記憶
もてあましてる

十字架に結びつけて燃やそうか

呼んでないよ

日記に鍵かけて金の鎖で縛ろうか

呼ばれたんだよ

爆弾をしかけて
遠くの物陰から
息を吐いて吸って
スイッチを押す

ほったらかし

なぜ放っておいたの
吹きさらしの軒下に
雪つもる山道に
裸のままの心を

連れて帰って
あたたかくしてあげないと
毛布にくるんで
お白湯を飲ませて

かみさまなぜ
目をはなしたのですか
ささえてないと
さまよいだすのに

助けを求める人が

間違っているのですか
ささやきは忍び寄る
ひとりでは逃げられないのに

あなたに似た人

信号待ちの横断歩道
誰かに似た人を見かけた
昔知ってた誰かに似てた

あれからの年月を経たら
その人が
こんなふうになるのかな

笑い方がそっくりで

首の振り方が前みたいにせわしげ
少し疲れ気味

よく見たら
結局違う人だった

枕を抱える夜

どうしたらいいんだろう
なすすべもなく切ない時
何度も伝えた愛なのに
何も伝わってない気がする

遠い海の向こうへ
今すぐ飛びたいのに
君に会えない夜は
だきまくら

こなれたはずの日常
平和という名の退屈
侘しさにのみこまれ
身動きとれなくなる

抱きしめるしかない
この気持ち治まるまで
顔うずめ声たてず
だきまくら

どこに立ってるのか
わからなくなったら
ただじっと
だきまくら

セカンドハーフ

今日からを人生の
セカンドハーフとするとする
ファーストハーフからセカンドハーフに
なにを持っていこう

どのおもいでを連れていこう
覚えていることはいつまでも覚えていて
そうでないことはすぐ忘れる
自分で選ぶのは叶わないみたいだ

やり残しの宿題はどうしよう
このあとも大事に抱えてく?
できなかったんだから
もうほっとこう

しがみつき離れない後悔

こすっても落ちない壁のよごれ
置いてっていいよね
置いてきます

盛り上がりは後半に多くあるもの
物語のいいところや最大の商戦期
思いもよらない事件
楽しむなら身軽じゃないと

そうだ、やってみたいことのリストは
持ちこすことにしよう
スカイダイビングはやったけど
富士山登頂はまだやってない

いろんな山を乗り越えてきたつもり
ふりかえるとなだらかな丘に

朽ちかけの道しるべたち
愕然と苦笑い

まとわりつき
身の回りから離れないものを抱え
歩きだす
セカンドハーフ

ふとした拍子

ふと溢れる涙
誰にも気づかれないうちに
追い散らす
こぼれたりしたら
みっともないし
溺れたくないし

ふと訪れる眠気
話をするあなたのその目の前で
なんと気を失う
どうか気を悪くしないで
眠り病かなと惚けるくらいしか
言い訳が残されてないのだから

ふと浮かぶ悪態
ポーカーフェイスなのは

その方が楽だから
びっくりするような言葉が
僕の中にも溜まっている
いつかあいつを罵りたい

ふと思いだす古傷
痛むからまだきっと
治ってないんだ
人間ドックじゃ見つからない傷
忘れたころにぶり返す
こころのなかの古い傷

ふとこぼれる笑顔
作り笑いは新人講座必修項目だから
社会の要請に応じて動員できるけど
出会いがしらなのにはじける笑顔や

悔しなみだのあとに前を向く笑顔は
ひとに教わるものじゃない

おもひで

どうしても忘れられないこと
苛まれていた時もある
逃げようとも逃げきれず
麻痺するしかなかった日

さいきん楽になったのは
何をせずとも忘れていくから
おもひでの方から逃げていく
ごめんもう悩むなと手をふって

もし記憶を喪失したら
最初から順に観たい
スターウォーズ

はやり歌と恋におちたら
言葉を抱いて眠った僕たち

今じゃ歌詞が覚えられない
ぜんぶ鼻歌になってしまう

どうして写真を撮るんだっけ
良い記念になるからだよ
うけるためとかじゃない
みせつけるためでもない

始めたしりとりはいつも
いつの間にか終ってる
りんごごりららっぱぱらしゅーと

さかなのリズム

泳ぐのをやめた日には
死んじゃうんじゃないか僕ら
大西洋の両岸にタッチして
カリブでサンゴをくぐりぬけ
インド洋でクルーズを追いこして
魚心あれば水心
気づけばくるくる何回も
同じ海めぐってる
自分の泳ぐ水を愛せ

ウォウ　ウォウ　ウォウ
アンドブルース
泳ぎ泳がされ
アンドブルース

せっかく魚に生まれたんだもの

年をかさねる私を
違う名前で呼んでほしいの
昨日まで係長だったから
今日からは課長になりたい
あこがれるブイピーの響き
大きなお腹が重たくて
遠出はできない産卵期
たいやきくんが恨めしい

魚　魚　魚
アンドブルース
帰る河もない
アンドブルース

アスファルトに落ちた蝉

体全体を震わせて鳴き疲れたのか

次の止まり木を探して飛び
何度か電柱にぶつかり
停まれずに飛び続け
ブロック塀をかすり
看板をかさかさと滑り
アスファルトの道路に落ちた

土の中で一年もじっとして
ようやく表に出てきたのに
鳴いて飛んで
おしっこして
また飛んで
力尽きて落ちた先が
灼熱のアスファルトだった

車に轢かれないだろうか
翌朝にはいなくなっているけど

インサイド・アウト

先頭車両から運転手の肩越し
行く手にひろがる線路
この街をパノラマでひとり占め
待ってろよ踏み切りが開くまで
インサイド・アウト

霧雨が降っては止む静かな午後
少し開けた窓からながめる軒先
野うさぎが穴ぐらから空を見上げるのって
こんな気分なのかな
インサイド・アウト

メッセージTシャツを裏返しに着た
レコード逆回転じゃないんだから
真逆なメッセージが発信されるはずもなく
ただまぬけな男がそこにいた

インサイド・アウト

あの子が不機嫌な時
もし頭の中を覗けたら
何か怖いもの見たのかも
何も見えなくて吐きそうなのかも
インサイド・アウト

頭が良くておしゃれで
笑わせ上手で頼りになるあいつ
ここから出してくれ
いまの叫び声はきっと空耳
インサイド・アウト

Food Stain

日付が変わり
ご近所のいとなみも
静まりかえるころ

突如降臨した好物たちは
ありつける見込みがないだけに
僕をせめさいなむ

コーンともやしの味噌ラーメン

牛丼にたっぷりの紅ショウガ

生卵にくぐらせるすき焼き

さばの押し寿司

小皿にたれを差すタイプの焼肉
グリンピースあざやかなハヤシライス
イチゴショートケーキにモンブランにレーズンウィッチ
天ぷらとざるそば

白菜の漬物

今度日本に帰ったら
腹いっぱい食べてやる
腹いっぱいになっても食べてやる
泣きながら食べてやる

はなむけ

明日から君たちは
昨日とは違う電車に乗って
毎朝でかけるだろう

電車ですごす時間は人生の一部
大切にすごそう
本を読むもよし眠るもよし

流行りの音楽についていけなくなったら
あの頃そばにあった音楽をきくだけでいい

ゴルフはやってみてもいいけど
自分に向いていないとわかったら
無理して続けなくていい

まわりは知らないことだらけだから

分かったことだけを数えていくことだ

祝福のあとに待ちかまえるどん底から
簡単に立ちあがれないかもしれない
悲劇の次には喜劇がおとずれることを
まずは信じよう

歯医者と眼医者には
定期的にでかけよう
悪くなるまで放っておいてはだめ

ありがとうは口癖に
ごめんなさいはここぞという時に
どちらも君を救ってくれる

毎朝の電車が急行になったり

飛行機に変わったりしたら
調子にのってスピードを楽しもう

成功はこじんまりと祝おう
その他の人にはどうでもいいこと
失敗は多くの人に笑ってもらおう
皆をてっとりばやく幸せにできる

自分の心と体の限界を知ろう
好きな人の限界を試すようなまねはやめよう
こどもじゃないんだから

今までの価値観に対する挑戦は
常に受け入れよう
ドストエフスキーをみならって

若いころの１００円は１０００円のような働きをする
年をとると１０００円は１００円のように飛んでいく
お金を使うなら若いうちに
貯めるなら必要に迫られて

これからの世界は激動だと大人は言うだろう
でも世界はいつだって激しく動くものだ
立ちすくむ必要なし

この地球をもっと住みやすい場所にしたい
もしだいそれた理想だと感じるなら
せめてさっきよりまともな今を

やりたいことを諦めるのは
死んだあとぐらいで丁度いい

いつか必ず
電車に毎朝乗ったりしなくなる
その時はいさぎよく
未練をしょぶんして
後悔はおきみやげに
自分の足で歩いていこう

ここではないどこかってどこだ

美しい瞬間を汚さない為に
現場から足早にたちさった
長続きを期待されるとむずがゆく
新しい世界へ一番乗りした
台詞がでてこない夢にうなされ
自分が活きる舞台は他にあると信じた

ここではないどこかを求めて
さまよいつづけるうちに
気に入った服はほころび
台所の皿は突然割れる
二度と会えない人
二度と訪れない地
増えていくのは記憶ばかり
ないがしろにした優しさと
果たせなかった約束を嘆き

胸が痛むのをただ耐える

車をはしらせ飛行機でとび
あそこもそこもいってみて
きづけばふりだしにもどってる
僕は立ちつくし
旅立ちの日のことと
これまでの道のりを思い返す

今ではないいつかを求めて
長く生きるうちに
じぶんの醜さが目につく
絶望と嫉妬に苛まれる心
しなびたレタスみたいな顔
時としてひどい肩こりに悩まされるのは
うまい具合に忘れたはずの恥ずかしさが

体の中から消えていない証拠
人は事故にあい重い病にかかり
新生児はいつしか成人する

何か見つかったかい
腑に落ちたかい
何を探していたか思いだせるかい

何も見つかってない
腑に落ちてない
何を探していたか思いだせない

今日もまた
見知らぬ土地を
歩いているのに

バーベキュー食べて世界は一つ

ソウルの街角でデジカルビを食べ
思わず力こぶしを握りしめたら
マンチェスターのバックヤードでは
ソーセージとポテトが御馳走だと誇らしげで
夏場のモスクワの名物は公園のシャシリックを
スパイシーなソースでほおばることだけど
その起源はイスタンブールのケバブではないかと
トマトとたまねぎのスライスに思いあたり
騎馬民族のシンボルである馬の肉を
石の上で焼くアルマティで妙に納得し
フロリダのステーキとロブスターは

皿一枚に乗りきらず食べきれず

肉の塊を長時間愛でるアサードに
シウダー・デル・エステのおもてなしを感じ

テーブルに置くメダルの色でシュラスコはおかわり
満腹を通りこすことが幸せなサンパウロ

九十九里の浜辺でさざえとはまぐりを焼けば
たちのぼる潮の香りに胸がさわぐ

食べてる時は争ったりしないから
困ったらとりあえずバーベキュー
今も世界のどこかでバーベキュー

この映像作品本編における注意事項

巻き戻しはできませんから
早送りなどせずに
時に一時停止など入れながら
スローモーションも織り交ぜながら
できるだけまばたきせず
プレイしてください

目の前の場面は
後からもう一度観たいと願っても
二度と戻ってきませんから

目の前の場面こそが
見たくないものでしたら
目をそむけてください
早送りはできませんから

本当のところ一時停止も
スローモーションも
できませんから
後から見る必要のないものは
最初から見なくてよいのですから

ただ聞くだけ

悩み事
秘め事
心の暗がり

誰にでも
あるもの

どうしたの

聞かれたから

全て正直に答える人もいない

聞いてほしい
知ってほしかない
人それぞれ

おもんばかり
受けとめ
ただ聞く
それだけ

しなやかでエグイもの

たけのこはわかめと煮たり
木の芽と和えたり
甘辛くしてみたり
えぐみもあって侮れない

ひと雨ごとにぐんと背が伸び
知らぬ間に大きな竹になる
食べられる内にと思うのに
今年は放っておいた裏山

さわさわと風にそよぐ竹林
ひそひそと内緒話にきこえる
しなやかに根を広くはり
おどるふり台風もやりすごす

笊になり籠になり蒸篭になり

お箸になりお猪口になりおろし金スクレーパーになり
炭になり空気清まし土にかえる
そういうしなやかでエグイものに私はなりたい

ゼロとイチのあいだ

目の前にいるあなたに
手が届いた幼いころ
今では新宿からみた富士山みたい
近くて遠い道のり

失うものさえ無い
あげられるものも無い
這いつくばった僕に
顔をあげてと声がする

愛されている時は
想像もしないこと
愛する時にわかる
先の見えない絶望

僕の歩幅が

小さくなったのかな
定規の目盛りが
大きくなったのかな

あなたへの熱い思いは
何度も冷えた
もたついているうちに
夜のしじまに

最初の一歩が
最初の一言が
最初の一口が
こんなにしんどいなんて

ハッピーロード

今度雨がふったら
スーツにハットで
ステッキがわりの傘
踊って歌おう
ハッピーロードで

ママとパパは自転車で
子供を預けて駅へ急ぐ
おじいちゃんとおばあちゃんは
散歩のついでにコーヒーで一服
五時のチャイムは下校の合図
中学生はたいやきで寄り道
お勤め帰りの大人たちと塾帰りの小学生
家路へ送る各駅停車

つぎに晴れた週末は

隣の駅まで歩いてみよう
帰りに大福を買ってくる
モンブランでもいい
ハッピーロードで

もうこの街には戻らない
ひとりやさぐれたあの日
汗だくで走りつづけて
懐かしさも忘れてた
語り明かした居酒屋
変わらない桜並木
こうして今ここにいるのは
きっと誰かのいたずら

二丁目に置きざりにした夢を
三丁目で見つけることができた

しっかり抱いて離さないから
もう一度はじめよう
ハッピーロードで

近くのともだち　遠くのともだち

ハーモニカ買ってみた
君の心がふさいでる時
さっとポケットからとりだし
一曲吹いて力づけたかった
夕暮れの川原で練習
息継ぎのコツさっぱりだった

手品師になりたかった
君の顔に笑いが足りない時
どこからともなくコインひねりだし
輝きを取り戻したかった
でも不器用な手先
何度もコイン落とした

君のともだちになりたい
近くにいるのにうまく言えず

ハーモニカとコインに託した
気持ちだけ抱えたまま
僕だけ変わらずここにいる

ともだちは遠くにいる
子供の頃出会ったやつ
最近文通はじめたやつ
いつも手の届かないところ
嬉しさや寂しさ分かちあうにも
時差がもどかしい

いっそのこと小包届ける
僕の伝えたい言葉
あちこち迷子になるので
形と時間詰めて送る

箱の中身笑ってくれていい
こころだけ受け取ってほしい

君と会って話がしたい
地図をひろげてみるけど
ここからそこまでの距離は
世界大航海みたいだから
空に思いを飛ばす

ミニーとミッキー

髪にリボンをつけたミニーは
白い水玉の赤いドレスを着て
ミッキーが頬にくれるキスを
けっきょくずっと待っていた

ジョンとヨーコは歌って戦い
愛しあい子育てし料理もつくり
前触れなくジョンが奪われた後も
ヨーコは歌い戦い子育てし料理した

カミーユの輝きを理解できたのは
ロダンだけだったのに
眩しすぎてふたをしたのも
ロダンだった

働いて支えあって

助けあって守りぬいて
家を建てては旅に出た
インガルス家の父さんと母さん

ウタコとケイスケは
出会ったとたん雷にうたれた
何があっても痺れっぱなしでいこうと決めた
他ならぬ死が二人を分かつまで

火のようで水のようなもの

まとわりつく蔦や羊歯を掻き分け
大きな迷路を抜けだしてきた
細胞が叫びだす寒さから身を守り
厚い雲が飛びさるまで待った
振り返れば地図ができていた
もうとらわれることもない

だからって
悲しみに逃げこむなよ
勝手が分かるからって
手頃におぼれるなよ
悲しみにひたるなよ

何が幸せか自分で決めていい
そんな都合いいことあるものか

さよならのかわりに
また飲もうと
あいつらに言われた
いいなそれと笑えてきた

吹けば飛んでく約束だけど
ただの別れは寂しさ溜まる
幸せなのかこれも
自分で決めていいって
本当だったんだ

今日もまた乾杯しておこう

自分、相手、家族、ともだち、世界
世界、ともだち、家族、相手、自分
ぐるぐるまわって
着地点はない

ああでもないこうでもない
抗えないことには抗わない
大人だから褒めないけど
遠慮なく叱りとばし痛いところを突く

ニューヨーク↕モスクワ↕アムステルダム
俺たちがそろえば
シンガポール↕シャンハイ↕トウキョウ
この星を手の上でころがす

おびえるのはまだ早い

この旅はこれからが長い
戻るところとっくに無い
今日もまた乾杯しておこう

十二歳

あきお、やすこ、ちょこ
みんな元気にしてるかな
今どこにいるのかな
修学旅行は怪談で夜更かし
運動会は白組勝利
授業参観は緊張するための日
僕らも先生も澄ました顔してた

やまもとくん、おみくん、つるたくん
最高のなかまだと思った
一生友達だねって言った
はやりの歌おぼえて
一緒にゲームして
昼休みはドロケイ
帰り道は立ち読み

てらしゃん、たかみしゃん、おかもっちゃん
中学生になったら
もううちに遊びにいったりしない
今じゃ違う音楽を聴いてる
どうしてずっと十二歳のままじゃいけないかなんて
誰にも分からないよそんなこと
大人になってからも

手を見つめる

あなたの手をちらっと見る
気づかれずにたっぷり見る

人の手を見るのが好き
形の良い爪をした指先
無意識に踊る手首
ふしだらけで傲慢な拳
凶暴な手のひら
人の手に罪はない

指を動かして
じっとしてて
触ったもの教えて
私と握手をする前に

手はぞんざいに扱われてる

小さなボタンを間違えずに押すのに
重いスーツケースを持ち運ぶのに
アイスを弄んで溶かすのに
ポットに熱湯を満たすのに
めったに労ってもらえない

私の手はどうかしら
指は短く爪は丸っこいのだけど
いつまでも白魚でいられるように
クリームを塗って手袋をはめて
拝むように寝ているの
あなたは見つめてくれるかしら

中庸のすすめ

お前が変なやつなのはよしとしよう
むしろどうでもいい
でも車の運転だけは普通にしろ
いつまでも忘れないあいつの一言
もしかしたら何度も
僕の命を救ってくれたのかもしれない

やれ追い越せ
右だ左だ
いやゆっくり
フリーウェイ・ワンオーワン
煽るやつらを笑いとばし
僕は走る真ん中のレーン

ノーマルとか刺さらないだろ
ありきたりなこと言うな

言わずにいたら
沈黙が多くなった
頭の回転は遅い方だから
相槌さえろくに打てない

収入ゼロなのに
いつぞやの株が大きく化けて
世界一周旅行に出かけたり
称賛も追いつかない速さで出世したせいか
誰よりも早くリストラされたり
他人の人生は忙しく激しい

命を奪う狂気に近よるな

興奮におぼれるな

退屈な毎日を大切にしろ
中庸の意味を知れ

関係ある・関係ない

俺には関係ねえや
口癖のように言ってたら

いつのまにか世の中
自分に関係ないこと
だらけになってた

自分が
世の中とは関係なく
なりかけた

翌朝

作りすぎたパプリカのマリネ
もともと大鍋で作る筑前煮
筑前煮というか煮物一般
誰もが知ってるカレー
翌朝の方がおいしい

嵐は凪になり
電車の遅延はリセットされ
お届け物はまた一歩近くへ
収まりどころを見つけた言葉たち
書きづらかった返事もすらすら

翌朝なら
ごめんなさいと言いやすい
とぼけて忘れたふりもしやすい
にこっと笑って

今日の話に移りやすい
あんなにほしかった
自由に使える時間
自分さえ目覚めれば
ああああああ
翌朝にあったのだ

A Better Life

ひそやかな二人組は手をつなぎ
音をたてず通りの角を曲がる

楽しげな酔っ払いの群れは
無防備に二軒目を探す

隙のない着こなしの母娘は
お稽古からの家路を急ぐ

疲れているはずの通勤者でも
駅のホームでいがみあいはしない

同じ地球上の光景なのだろうか
ここは違う惑星だからとタネあかしをされたら
やけに納得するだろう

メルセデスやＢＭＷは行儀よく走り
歩行者に道を譲ったりしてる

ひったくりや置き引きの心配もいらず
旅人は束の間の住人をよそおう

老舗も新しい店もおしなべて
金儲けより佇まいを気にしてる

見かけないといえば家なきびと
いたたまれなくなって他へ行ったのかな

なぁ、あっくん
より良い人生と呼ばれているものが
この世にはあるみたいだよ

命の始まりとか終わりとか

いつ君のいのちははじまって
いつ君のいのちはおわるのだろう
どこから僕はきて
どこに僕はいくのだろう
ここまで大きな主題には
疑問形がよくにあう

なにをもって始まりとするか良く解らないから
いのちに始まりはないとしよう
別の入れ物に引き継がれていくこともあるから
いのちに終わりはないのかもしれない
特に身近な人のいのちを思うとき
きっと仮定や推測が多くなる

生まれたての赤ちゃんの泣き声をきくと
なぜ涙がこぼれる

大切な人が亡くなるとあふれてくる気持ちは
定義なんてうけつけないのじゃないか
いのちを終わりなきものにする方法があるとするならば
それはその人との会話を心で続けることだろう

疑問と仮定と推測とかわりばんこに
ぶつかるうちにやがて自分が死ぬ番になる
勝てなくて悔しがるだろうか
こんなはずじゃないと怒るだろうか
ありがとうとほほえむだろうか
何も言えずに眠ったままだろうか
気がついたらまた
疑問形にもどっている

暗所のほとり

とげのない笑い声にあふれ
愛情の裏返しさえありがたく
俺の悪ふざけが拾ってもらえるような
居心地の良い場所は
なぜかしばらくすると
居心地が悪くなる

もう二度と行かないと決めた場所
知り合いが一人もいなくなった場所
行けば胸が痛むと分かっている場所
なぜかもどってしまう
心に血を滲ませて
ここに帰ってくるだけなのに

どこかで曲がり角を間違えたのか
道に迷ってばかりいる

はなから地図なんてない
迷っているのではなく
楽しんでいるのだと言い直す
道は自分の後ろにしかない

階段を踏みはずした昨日の夜
大きな音をたて
擦り傷の裏に青あざをつくる
まずは灯りをつけよう
上り下りはゆっくりでいい
一段ずつしっかりと

突き動かされて
声をあげる時がある
足が動かなくて
誰にも会えない時がある

なぜか聞かないでほしい
明日からも生きていくのだから
まんざらでもない顔をして

君が愛をなくす

いつどこでなくしたのか
あまり興味はない
聞いても理解できないから
君にもわからないのだろう
ほんとうのところ

生きることは
鎧をかさねること
拳をくりだすこと
好きなことしか
しないこと

からっぽな心に積もる
黒ずんだヘドロに気づく
思いきって吐きだしたのに
目から口から

新しいヘドロが入りこむ

戦わずして勝つ
強面に愛嬌をそえる
修羅をくぐりぬけ
流れ着いた
遠い街の海辺

うまく泳いできたつもり
溺れることなく
はじまりの場所には
いつだって戻ってやる
その勇気がまだないだけ

愛なんかなくても
すぎていく日々の中で

疑いが湧くのを抑えてる
あの頃に愛があったかどうか
そもそものところ

胸騒ぐ道へ

いつもの自分なら見逃しそうな
微かで小さなサイン
カブトムシは苦手だけど
カナブンが知らせをもってくる

胸騒ぎに手をあてる
何か感じても心配ない
それは知らなきゃならないこと
胸騒ぐ道へ進もう

ときめく種は心の中にある
花が枯れて残したものかも
知らずに人がくれたものかも

水遣ると芽吹くのはどれ

胸騒ぎを信じればいい
探しすぎると見えなくなるから
迷いすぎると虚しくなるから
胸騒ぐ道へ踏みだそう

脱水状態には気をつけて
硬い氷柱は溶かしちゃって

胸騒ぎを信じよう
耳を澄まして
胸騒ぐ道へ進もう
怖くなんかない

Helpless

心細かったんだろう
心が痩せて縮んで
消えてしまいそうになったんだろう
あてのない旅の途中で

負けた気がしたんだろう
勘違いだったのかもしれない
長い目でみれば勝っていたのかもしれない
自分との言い争いに疲れたのかもしれない

だから訪れてみたんだろう
いちばん満ち足りてた場所
震える手で手紙を書いたんだろう
読む人の悲しみも背負いながら

幸せなんだろう

もういたくもみじめでもなく
しあわせなんだろう
しずかな湖面のように

開かずの間

扉をしめたまま
開かずの間でした
２５年も

鍵穴からのぞいてました
ほこりをかぶった
記憶の小物たちを

この部屋が火事で燃えたり
大雨で水びたしは辛いです
思いださなくなるのも

だから今日
足を踏み入れ
ハタキをかけ
空気を入れ替えました

まにあってよかった
重い扉が錆びついて
開かなくなる前に

ほこりの下に隠れていた
赤や青の原色が
とりもどす輝き

思いきって友達にも見せました
そこかしこで聞こえた扉の開く音
よろこびをわかちあい

自分のうちの部屋なのだし
これからは好きな時に
入っていいことにしましょうか
もういい歳なんですから

重い夢

人通りの途切れない
喫茶店の窓
いつもの音楽を
あっさり消して
耳をすませる

夢が重たい
俺を過去に引きずり戻す
捨てちゃえば
楽になれるのかな

怒ったり助けを求めたり
大声で叫んで目覚める朝
別にそんな夢みたくもない
夢ってこんな
迷惑なものだったかな

夢が重たい
ただ深く眠りたいのに
おしかけてきては胸騒ぎおこす
夢占いとかどうでもいい

目の前の現実が
貧しくみえるのは
思い描いてた未来が
眩しすぎたから
夢なんか

ワーキング・クラス・ストーリー

うちの部の藤原さんってほんと頑張ってるって思うんすよねー
それがマネジメントから認められてないって気しません？
ほんとそれおかしいって思うんすよ
吉村さんとか俺とかすっごい働いてんすよ
でも監査部の梶田のグループってほんと何もしてないやつが多いっていうか
で何でそれに上層部が気づかないのかって
頑張ってる藤原さんとかの頑張りは誰かが認めてあげるべきなんすよ
え、ぬるいっすか俺？
正しいっすよね
そうっすねよ
うちの会社その辺ちゃんとしとかないとほんと大変なことになると思うんすよ
いやもう大変なことになってんのは知ってますけどね
どうすんだこのまんまでっていう話っすよ

あたしはもう今の部署じゃはたらけないってこないだ思いましたよ
栗原さんが上司のまんまでしょ？
あの人とは運命共にできないなっていう

だってね、大事なことはひとっつも言わないんですよ
で、今日も飲みにいこうとかそんなんばっかですよ
一緒に話しててもつまんないし
うちの会社ぜったいおかしいと思う
誰かが社長にそう言わなきゃいけないんですよ
でも高野さんとか栗原さんとかエライ人たちが何にも言わないの
ぜったいおかしい
もうあたしなんか失うものないからいつでも言ってやりますよ
おっかしいもん
ぜったい

おつかれさまです
あしたも頑張ろう
クビになんかなっちゃだめだ
僕らが支えてるんだから

同じパーティ、違うおみやげ

同じパーティに行ったのに
持ち帰るお土産の
中身はみな違う

何を持ち帰るかは
自分で決めていい
持ち帰ったものは
返品も無理なら
交換もきかない

見せあいっこした時に
はじめて気づくもの
自分とは違うお土産を
あなたが持っていること

何を持ち帰ってもいいのだから

自分で好きなものを
持ち帰ればいい
お土産は自分だけのもの
あたりはずれはないんだから

人類の歴史表

教室の後ろの壁に貼ってあった
人類の歴史表
一番左が人類の誕生で
一番右が第二次世界大戦の終わり
その右側に自分の誕生日を
小文字で書き入れた中２のころ

それからいままで死なずにきて
大切だったはずの人生が
人類の歴史の一部に過ぎないと知るのは
あしどりが他人とこんなにも違ったと気づく時
虚しさと無気力の正体がちらっと見えた時
後戻りできずそれでもまだ生きていく時

やがて
感情がいろどりを失い

すべての物事から意味がなくなり
来ては去り
自分は宇宙のチリとなり
宇宙のチリでさえなくなり

語られなかった話が語られる時

語られなかった話は
石のようにずっと黙っていた
長い間じっとしてた
今まで誰かが嘘をついて
隠していたのではない
語られなかっただけ

語られる時がきたのを知ると
包みのなかで目を覚まし
少しずつ動きだす
あいつが疲れた顔をしている
飲みにいこうと誘われる
すべては話がおもてに出る前の兆し

その話は
リハーサルもなしに

いきなり本番をむかえ
言葉を与えられ
音を与えられ
意味を与えられる

語られなかった話が語られて
僕らは振り返る
あの頃から今まで
ある者は違った景色を見つけ
ある者は何も変わらないままにする
語られなかった話は語られて
これから繰り返し語られたり
あるいは永遠に死んだりする

けんいちとけんじ

けんいちは記憶力がいい
まるで昨日のことのように
こどもの頃のことを
語ってきかせるのがうまい

けんいちは物持ちがいい
色あせた卒業アルバムも
よれよれの楽譜の束も
手の届くところに置いてある

つまずいてばかり
優しさと慎みを抱き
友を思う気持ち
誰にも負けない

けんじは振り返らない
地味なことが嫌い

負けることを許さず
友は自分でえらぶもの

けんじは立ち止まらない
あの頃より今が大事
捨てることを迷わず
未来は手に入れるもの

周りは口を開けば
やっかみと批判ばかり
目立つものは嫌われ
滅多に労われない

けんいちとけんじは
机を並べていたことがある
けんじは王国を築き
けんいちのこと忘れてしまった

でもけんじには
明かさない願いがある
誰も知らないところで
違う仕事をして

地元の酒を飲んで
新しく人生を始めてみたいって
心の中で叫んでも
気づく人はいない

落石・濃霧・落とし穴
平坦な道はどこにもない
あの頃の参考書や過去問など
役に立たなくなって久しい

けんいちは声をあげる

嬉しいことも悲しいことも忘れられないんだ
けんじは振り返って言う
つまずいてるのは俺の方だよ

周りは言う
けんいちさんは不幸なことばかりで
大変そうだね
お可哀相にね

それに比べてけんじさんは
あんなに出世なさって
ご立派なことだね
人生の勝者ってやつだね

勝者だってつまずいてばかり

勝者だってつまずいてばかり

賑やかな幸福　孤独な不幸

幸福は賑やかである
それは一人で幸福になるより
誰かと共に幸福になるほうが
幸福の枡が大きくなるからである

不幸は孤独である
それは不幸の行き着く先に
必ずひと一人しかいないからであり
隠れることさえ許されないからである

幸福をかみしめたっていい

賑わいをかみしめてもいい

孤独をかみしめたっていい

不幸をかみしめちゃいけない

幸福には自分一人じゃなくて
きっと誰かが一緒にいるから
自分一人のためじゃなくて
誰かのために
幸福を守ろうと独り誓う

不幸は一人のものだから
誰かをまきこむことなく
涙を見せる相手さえ探さず
遠く離れたところで
独りなんとかしようと思う

散歩

色づきはじめた
楓が気になり
一枚はおって
歩きだした

気の向くまま
ふらりふらり
そぞろ楽しくて
散歩するんだ

来ちゃいけない場所
近づいたこと気づく
抜けだせなくなる前
方向変える

おぼろげな記憶をたよって

迷子にならないように

行き止まりで
追い詰められないように

壁の落書きに気をとられ
転ばないように

曲がり角を間違えたら
元の道に戻ればいい

カートに乗せられた保育園児が
通りすがりにニャーと泣いた
僕の心の飼い犬が
起きあがってワンと吠えた

路上　ときどき　立ちどまる

路上に飛びだして1か月
高層ビルの28階あたりを見上げる
働いてたのか
俺あの辺で
夢だったのか
社員証も給与明細も

生まれた時は所持品ゼロだった
去りゆく時も携行品ゼロなのに
イチバンとかジュウブンとか
おぼえてしまった体のせいで
ゼロの気配に心がすさむ

ストリートには危険が一杯
子供たちを救え
ごもっともな声

ローンはどこにも消えず
手取りはすべて食べ物に消える
俺だって救ってほしい

ロマンなんて転がってるものか
放浪してる場合じゃないんだ
歩いててふと足が止まる
また歩きだして
しばらくして
立ちなずむ
このまま
その場で
じっと

どこにも行けない気がしてきた

ありがとうはさようならを意味するか

ありがとうと言えばよかった
どうして言えなかったのだろう
ありがとうとさようならは違う
違うはずなのに
ありがとうと言うと
さようならと永遠にお別れするのと
同じだと勝手に思いこんでいて
ありがとうと言えなかった

ありがとう
気持ちはあるのに
言葉は簡単なのに
口にしなかった
あなたに聞いてもらう機会は
もうなくなった

さようならという言葉を
忘れてしまえばいいんだ
そしたらありがとうは
ありがとうのままでいられる

著者／助廣　俊作（すけひろ・しゅんさく）
会社勤務のかたわら詩を書き続ける。アメリカ、イギリス、ロシアでの海外勤務は10年を超える。主な作品:詩集『ひこうき雲』『ラ行の試練』『バブルの子』

ありがとうはさようならを意味するか

発　行　2018年12月14日　初版第1刷

著　者　助廣俊作
発行人　伊藤太文
発行元　株式会社 叢文社
東京都文京区関口1-47-12 江戸川橋ビル
電　話　03（3513）5285（代）
ＦＡＸ　03（3513）5286

印刷・製本　モリモト印刷

定価はカバーに表示してあります。
乱丁・落丁についてはお取り替えいたします。

ISBN978-4-7947-0790-1